이 모험에 성공하면
불안하고 불안정한 지금의 나약한 자신을
구할 수 있지 않을까,
하는 허망한 희망

| 나쓰메 소세키
| 소설 전집

2016년 나쓰메 소세키(夏目漱石) 사후 100주년을 앞두고
한국에서는 처음으로 나쓰메 소세키 장편소설 전집을 차례로 펴냅니다.
단단한 번역, 꼼꼼한 편집과 디자인으로 새롭게 읽는 나쓰메 소세키
소설은 깊숙한 재미와 진진한 삶의 관찰로 가득합니다.
소설을 읽고 쓰는 까닭을 기껍게 체험하게 할 '고민하는 힘' 속으로,
세계문학과 한국문학의 독자들을 초대합니다.

사람과 사람 사이에
놓는 다리는 없다。

| 나쓰메 소세키
| 소설 전집

2016년 나쓰메 소세키(夏目漱石) 사후 100주년을 앞두고
한국에서는 처음으로 나쓰메 소세키 장편소설 전집을 차례로 펴냅니다.
단단한 번역, 꼼꼼한 편집과 디자인으로 새롭게 읽는 나쓰메 소세키
소설은 깊숙한 재미와 진진한 삶의 관찰로 가득합니다.
소설을 읽고 쓰는 까닭을 기껍게 체험하게 할 '고민하는 힘' 속으로,
세계문학과 한국문학의 독자들을 초대합니다.

봄날 책읽고 춤추는
고양이의 하루

| 나쓰메 소세키
| 소설 전집

2016년 나쓰메 소세키(夏目漱石) 사후 100주년을 앞두고
한국에서는 처음으로 나쓰메 소세키 장편소설 전집을 차례로 펴냅니다.
단단한 번역, 꼼꼼한 편집과 디자인으로 새롭게 읽는 나쓰메 소세키
소설은 깊숙한 재미와 진진한 삶의 관찰로 가득합니다.
소설을 읽고 쓰는 까닭을 기껍게 체험하게 할 '고민하는 힘' 속으로,
세계문학과 한국문학의 독자들을 초대합니다.